LEWIS TRONDHEIM

Die Farbe der Hölle

Mitarbeit: Brigitte FINDAKLY

LEWIS TRONDHEIM BEI CARLSEN COMICS

Herrn Hases haarsträubende Abenteuer
Walter
Verflucht!
Slaloms
Blacktown
Liebe und sonstige Kleinigkeiten
Frühlingserwachen (mit Frank Le Gall)
Ganz im Ernst!
Die Farbe der Hölle

Donjon
Das Hemd der Nacht (mit Joann Sfar und Christophe Blain)
Das Herz einer Ente (mit Joann Sfar)
Der König der Krieger (mit Joann Sfar)
Die Prinzessin der Barbaren (mit Joann Sfar)
Der Drachenfriedhof (mit Joann Sfar)

Monströse Geschichten
Monströse Geschichten
Monströser Truthahn

Der kleine Weihnachtsmann
Hallo, Kleiner Weihnachtsmann (mit Thierry Robin)
Happy Halloween, Kleiner Weihnachtsmann (mit Thierry Robin)

LEWIS TRONDHEIM BEI REPRODUKT

Die Fliege
Approximate Continuum Comics
Mehltau
Intriganten
Diablotus
Nein, nein, nein
Das Land der drei Lächeln

CARLSEN COMICS
1 2 3 4 05 04 03 02
© Carlsen Verlag GmbH · Hamburg 2002
Aus dem Französischen von Tanja Krämling
LA COULEUR DE L'ENFER
Copyright © 2000 by Dargaud Editeur, Paris
Redaktion: Dirk Rehm
Lettering: Michael Möller
Herstellung: Stefan Haupt
Druck und buchbinderische Verarbeitung:
Druckhaus Schöneweide, Berlin
Alle deutschen Rechte vorbehalten
ISBN 3-551-73318-X
Printed in Germany

www.carlsencomics.de

 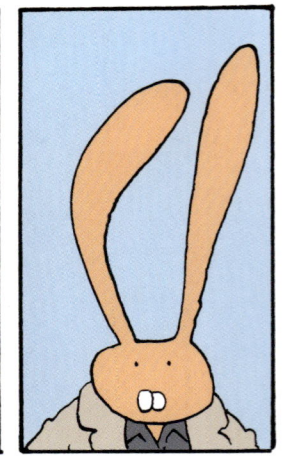 

SIND... SIND SIE ES, DER DIE HUNDEHAUFEN IN DER STADT MIT FARBE UMSPRÜHT?

NEIN.

GANZ ALLEIN WÜRDE ICH DAS NIE SCHAFFEN. WIR SIND ETWA FÜNFZIG IM VEREIN »TÜRKIS«... SAGT IHNEN DAS NICHTS?

NA JA... NEIN.

VERSAMMLUNG JEDEN FREITAG UM 20 UHR AM QUADRATPLATZ.

UND WENN ICH POLIZIST WÄRE?

SIE KÖNNEN BERUHIGT KOMMEN. WIR UMSPRÜHEN NUR DIE HUNDEHAUFEN.

| | WANN SIND WIR DA...? WIR LAUFEN SCHON EINE EWIGKEIT. | WIR SIND DA |

AH... NA ENDLICH.

WARST DU SCHON MÜDE?

NEIN, ABER WENN DU AN EINEM HERZANFALL GESTORBEN WÄRST, HÄTTE ES UNANGENEHM ENDEN KÖNNEN...

DANN HÄTTEN WIR UNS VERIRRT...

HALLO, LEUTE.

HALLO.

HAST DU DIE NACHRICHTEN NACH DER SPRÜHAKTION GESTERN NACHT GEHÖRT?

ECHT SUPER...

ICH HABE EIN PAAR RADIOREPORTER MITGEBRACHT... ES IST BESSER, INFORMATIONEN AUCH MITTELS ANDERER MEDIEN ALS NUR DURCHS FERNSEHEN ZU VERBREITEN.

SIND SIE NUR ZU VIERT IN IHRER PINK-PURPLE-GRUPPE?

VERTRAULICHE INFO...

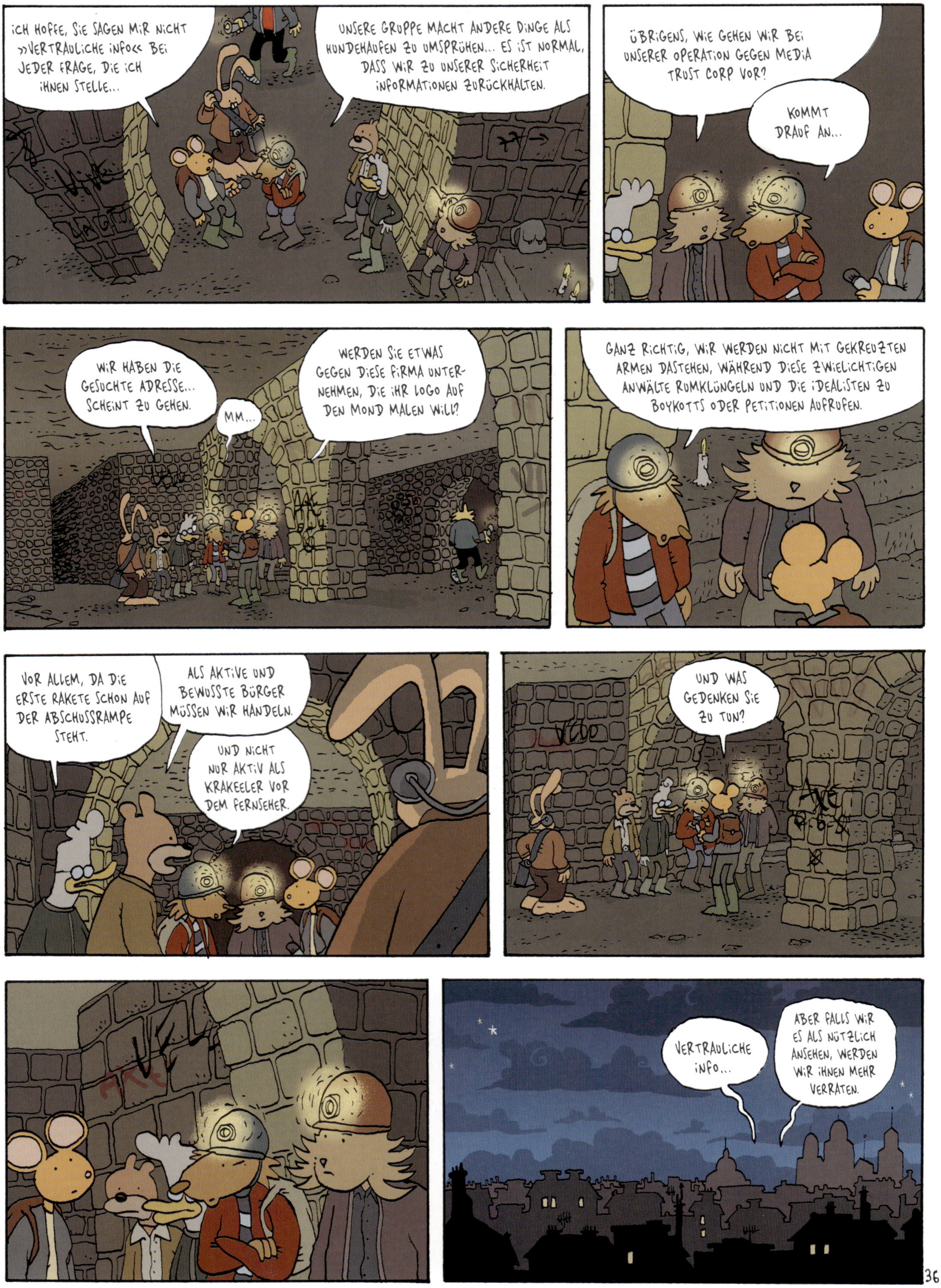
ICH HOFFE, SIE SAGEN MIR NICHT »VERTRAULICHE INFO« BEI JEDER FRAGE, DIE ICH IHNEN STELLE...
UNSERE GRUPPE MACHT ANDERE DINGE ALS HUNDEHAUFEN ZU UMSPRÜHEN... ES IST NORMAL, DASS WIR ZU UNSERER SICHERHEIT INFORMATIONEN ZURÜCKHALTEN.
ÜBRIGENS, WIE GEHEN WIR BEI UNSERER OPERATION GEGEN MEDIA TRUST CORP VOR?
KOMMT DRAUF AN...
WIR HABEN DIE GESUCHTE ADRESSE... SCHEINT ZU GEHEN.
MM...
WERDEN SIE ETWAS GEGEN DIESE FIRMA UNTERNEHMEN, DIE IHR LOGO AUF DEN MOND MALEN WILL?
GANZ RICHTIG, WIR WERDEN NICHT MIT GEKREUZTEN ARMEN DASTEHEN, WÄHREND DIESE ZWIELICHTIGEN ANWÄLTE RUMKLÜNGELN UND DIE IDEALISTEN ZU BOYKOTTS ODER PETITIONEN AUFRUFEN.
VOR ALLEM, DA DIE ERSTE RAKETE SCHON AUF DER ABSCHUSSRAMPE STEHT.
ALS AKTIVE UND BEWUSSTE BÜRGER MÜSSEN WIR HANDELN.
UND NICHT NUR AKTIV ALS KRAKEELER VOR DEM FERNSEHER.
UND WAS GEDENKEN SIE ZU TUN?
VERTRAULICHE INFO...
ABER FALLS WIR ES ALS NÜTZLICH ANSEHEN, WERDEN WIR IHNEN MEHR VERRATEN.
36

NEIN, NEIN... SIE HABEN NOCH NICHT ANGERUFEN.
UND RADIO 9, HAT IHNEN DIE REPORTAGE GEFALLEN?
SIE WOLLEN SIE NICHT FÜR DIE RUBRIK, SONDERN LIEBER FÜR DIE NACHRICHTEN?!
WENN DU SAGST LIEBER, DANN HEISST ES, DASS SIE DICH BEZAHLEN, ODER?
NEIN?!
MM...
MM...
MM...
JA, ABER SELBST WENN SIE DEINEN NAMEN NENNEN, SIE SIND TROTZDEM UNVERSCHÄMT.
IMMERHIN IST DAS EIN EXKLUSIVINTERVIEW, DAS DU GEKRIEGT HAST.
NA KLAR BIN ICH VERÄRGERT... ABER NICHT WEGEN DER RECHTSFRAGEN... ICH BIN IMMERHIN BARFUSS DURCH DEN KANALSCHLAMM GEWATET...
DING DONG
HALLO.
NEIN, RICHARD IST GERADE GEKOMMEN.
NEIN, KEINE AHNUNG.
ZIEHST DU WIEDER HIER EIN?
ICH?
JA, DU!
NEIN, NICHT DU, NADIA.
NEIN, ICH WOLLTE NUR MEINE KLEIDUNG HOLEN...
ACH JA, ALSO, DU KANNST NADIA GLEICH BESCHEID SAGEN, DASS IHR HEUTE ABEND BEI TITI EINGELADEN SEID.
ES SEI DENN, IHR MÜSST NOCH FALLSCHIRM SPRINGEN ODER HÖHLEN ERFORSCHEN.
DING DONG
JA... HAST DU HEUTE ABEND ZEIT?
JA?
AH, GUTEN TAG.
NEIN, DER NACHBAR IST ZURÜCK.
GUTEN TAG.
IST ES GUT GELAUFEN MIT DARK VADOR?
JA, JA... RICHARD HAT SICH GANZ ALLEIN UMS FUTTER GEKÜMMERT...
NEIN, NICHT HEUTE ABEND, DU SPINNST WOHL! TITI MACHT DAS ESSEN.
37
ALSO, SEHEN WIR UNS HEUTE ABEND?
NEIN, TUT MIR LEID, ICH HAB VIEL ZU TUN.
ÄHM, JA... NEIN, NICHT SIE.
WARTE, ICH LEG AUF UND RUF DICH SPÄTER ZURÜCK... HIER IST ZU VIEL TRUBEL...

ALLES KLAR? IST DER NACHBAR WEG?
JA, ABER SCHAU MAL AUS DEM FENSTER... VIELLEICHT HAT ER VERGESSEN, GELD IN DIE PARKUHR FÜR SEINE FLIEGENDE UNTERTASSE ZU STECKEN, UND DU KANNST DIE POLIZEI RUFEN.
GNAGNAGNA... WENN DIE LEUTE SEINER RASSE DICH WIE EIN VERSUCHSKANINCHEN IN IHR LABOR AUF IHREM WEIT ENTFERNTEN PLANETEN MITNEHMEN, TUST DU NICHT MEHR SO SCHLAU.
IM GEGENTEIL, ICH WÄRE FROH, MICH ENDLICH MAL NÜTZLICH FÜHLEN ZU DÜRFEN...
ACH JA... SOLLEN WIR HEUTE ABEND ETWAS MITBRINGEN?
OROPAX, WEIL DAS THEMA NOCH NICHT AUSDISKUTIERT IST. CIAO!
BLAM

UND ER WAR IN 13 VERSCHIEDENEN APOTHEKEN... IST DAS NICHT VERDÄCHTIG?
AUSSER, WENN ER PHARMAVERTRETER IST...
ODER WENN ER SICH ALLE HUNDERT METER WIEGEN WILL, UM ZU SEHEN, WIE VIEL ER JEDES MAL ABGENOMMEN HAT.
TROTZDEM WAR ER DANACH IN EINEM CHINESISCHEN LADEN UND HAT LAUTER TOTAL KOMISCHE SACHEN GEKAUFT...
HE... MOMENT MAL, NA KLAR! VIELLEICHT SIND ALLE CHINESEN AUCH AUSSERIRDISCHE?!
DAS WÜRDE DIE MASSAKER IN TIBET ERKLÄREN UND DIE MASSENSTERILISIERUNGEN DER DORTIGEN FRAUEN.
HE! WIR HATTEN UNS VORGENOMMEN, NETT ZU RICHARD ZU SEIN, WO WIR DOCH SEIN AUTO AUSLEIHEN WOLLEN.
WAS?! IHR WOLLT MIT MEINEM AUTO FAHREN?!
WIR HABEN NEUIGKEITEN VON PINK PURPLE, SIE WOLLEN UNS IN EINEM WEIT ENTFERNTEN VORORT TREFFEN.
MMM... ICH WÜRD EUCH JA GERN MEIN AUTO LEIHEN, ABER ERST SOLL DER DA SICH ENTSCHULDIGEN.
DAS KANN ICH NICHT, ICH BIN IM RECHT.
MACH, WAS DU WILLST, ABER WIR BRAUCHEN DEN WAGEN...
OKAY... ALSO, RICHARD, ICH ENTSCHULDIGE MICH UND KÜSSE DIR DIE FÜSSE, SOBALD DU UNS EINEN SCHLAGENDEN BEWEIS FÜR DEINE BEOBACHTUNGEN BRINGST.
EINVERSTANDEN! VON DIESER MINUTE AN WIRD MEIN EINZIGES ZIEL SEIN, MEINE WORTE ZU BEWEISEN... SELBST WENN ICH DAFÜR NÄCHTELANG WACH BLEIBE, DIE GRIPPE KRIEGE, MAHLZEITEN AUSLASSE...
WARTE... LASS DEN KUCHEN DA, ICH NEHM NOCH EIN STÜCK.

COMPUT 1
BRIKO
LOKA BRIKO
NACH DER BESCHREIBUNG MÜSSTEN WIR BALD DA SEIN.
MM... WEISST DU, WARUM SIE DICH GEBETEN HABEN, DIE KAMERA MITZUNEHMEN...?
ICH DENKE, SIE HABEN EIN SPEKTAKULÄRES DING VOR, DAS BESSER IM FERNSEHEN ALS IM RADIO RÜBERKOMMT.
MM... ALSO MIR IST DIESE AKTION NICHT GANZ GEHEUER.
TSS... SEI KEIN SPIELVERDERBER... DA SIND SIE JA.
HOPPLA... MASKIERT UND ALLES... JETZT WIRD'S ERNST...!
WIR WOLLEN NICHT ERKANNT WERDEN. ÜBRIGENS RATE ICH IHNEN, DIE KASSETTE ANONYM ZU VERSCHICKEN...
ICH BIN SCHON NEUGIERIG AUF DAS PROGRAMM.
KINDERLEICHT! DORT HINTEN LIEGT EINE FARBENFABRIK, DIE DIE FARBE FÜR DIE RAKETE VON MEDIA TRUST CORP LIEFERT.
WIR GEHEN ÜBERS FELD, BRECHEN DURCH DEN ZAUN UND WERDEN DAS GESAMTE PERSONAL MIT UNSERER FARBE BESPRÜHEN... UND WENN MÖGLICH, FÄRBEN WIR AUCH DAS BÜRO DES DIREKTORS EIN.
UND WENN SIE AUF GEGENWEHR STOSSEN?
HABEN WIR TRÄNENGASBOMBEN!
ZIEMLICH RADIKAL, ODER?
VLAM
BEI SOLCHEN SCHWEINEHUNDEN WERFEN WIR NICHT MIT SAHNETORTEN.
40

ER HAT RECHT... WIR LEBEN IN EINER ZEIT, WO NETT ZU SEIN EIN SINNBILD DAFÜR IST, NIEDERGEMACHT ZU WERDEN.
UND VON HEUTE AN BEGINNT EINE NEUE ÄRA
KLING KLANG
ACHTUNG! ES IST GLITSCHIG HIER!
ES WÄRE SCHADE, HINZUFLIEGEN UND UNS SELBST ZU BESCHMIEREN...
HUCH!
KLING KLANG
PSST! NADIA! ICH DENKE, WIR SOLLTEN LIEBER ABHAUEN... ICH GLAUBE, DER CHEF HAT MOLOTOWCOCKTAILS.
ERZÄHL KEIN DUMMES ZEUG. WENN DU NICHT MIT REINGEHEN WILLST, DANN WARTE HIER... UND LASS MICH LOS.
ICH SCHWÖRE, DASS ES WAHR IST!
SO... KOMMEN SIE?
JETZT LASS MICH ENDLICH!
ICH SAG DIR, DASS IHR CHEF MOLOTOWCOCKTAILS HAT, ALSO BLEIB HIER!
JULIUS...?! DU HAST DOCH WOHL KEINE MOLOTOWCOCKTAILS DABEI?!
WIR HATTEN DIESE MÖGLICHKEIT KATEGORISCH ABGELEHNT!

MACH DEINE TASCHE AUF!
IHR SEID FEIGLINGE...! GLAUBT IHR WIRKLICH, MAN KANN MIT SPRÜHAKTIONEN DIE ÖFFENTLICHKEIT WACHRÜTTELN?
WENN WIR DEN MACHTMISSBRAUCH DER MULTINATIONALEN KONZERNE BREMSEN WOLLEN, MÜSSEN WIR ZU RADIKALEREN MITTELN GREIFEN! WIR SIND WEDER SCHAFE NOCH MILCHKÜHE!
DU HAST NICHTS KAPIERT, JULIUS! DU KANNST SO WAS NICHT HINTER UNSEREM RÜCKEN MACHEN.
ICH MACHE, WAS ICH WILL... ICH BIN EIN FREIES WESEN, ICH DENKE UND HANDLE NACH BESTEM GEWISSEN!
WIR SIND EINE GRUPPE UND WIR HANDELN AUF DIE ART, DASS EINER IN DEN ANDEREN VERTRAUEN HABEN KANN.
DU BIST EIN WIDERLING, NICHT BESSER ALS DIE, DIE DU ANPRANGERST!
EUER GEQUATSCHE IST MIR DOCH EGAL. ICH WEISS, WAS ICH ZU TUN HABE UND DASS ICH IM RECHT BIN.
KLICK
JA, KLAR... DU KLEINER SCHMIERENKOMÖDIANT WIRST IN DIE GESCHICHTE EINGEHEN... ARSCHLOCH!
PSCHHHH
AAAARHH!!
NEHMT SEINE TASCHE, UND DANN WEG HIER!
KH!
KKH!
DU BIST 'NE ARME NUMMER, JULIUS!
KK!
KKH!
KKH!
PSCHHH
KKH!
KEUCH!
KKH!
42

DER ALIEN!!

DÜRFTE ICH ERFAHREN, WAS SIE HIER TUN?

ICH... ICH... ICH WOLLTE NACH DARK VADOR SEHEN...

ÄHM... ICH HÄNGE SEHR AN IHM, DA ICH MICH DOCH EINE WOCHE UM IHN GEKÜMMERT HABE...

MMM...

WO SIE NUN DARK VADOR GESEHEN HABEN, VERSTEHEN SIE, IN WELCHER LAGE ICH MICH BEFINDE.

ICH... ICH BIN SICHER, DAS WIRD SICH REGELN...

MACHEN SIE SICH KEINE ILLUSIONEN... ES GIBT KEINE HOFFNUNG MEHR.

BITTE... TUN SIE NICHTS, WAS SIE SPÄTER BEREUEN KÖNNTEN.
NEHMEN SIE SICH ZEIT ZUM NACHDENKEN!
ICH HABE SCHON NACHGEDACHT... HEUTE STERBEN... MORGEN STERBEN...
BESSER, ES SOFORT ZU REGELN.
ICH... ICH FLEHE SIE AN... LASSEN SIE AB VON IHREM VORHABEN.
LASSEN SIE MICH MACHEN... ES IST SCHMERZLOS.
SCHLUCK... ICH VERTRAGE KEINE SPRITZEN...
NICHTS ZWINGT SIE HINZUSEHEN, WISSEN SIE...
LASSEN SIE MICH GEHEN... ICH BITTE SIE.
ES IST UNGLAUBLICH... SIE SIND VON EINER ÜBERSTEIGERTEN SENSIBILITÄT... ABER DENKEN SIE NICHT, ICH SEI EIN SEELENLOSER MÖRDER.
ES SIND DIE UMSTÄNDE, DIE MICH DAZU TREIBEN.
ES IST DIE VERFLUCHTE DUNKLE MACHT IHRES VERFLUCHTEN ALIENHIRNS, OH JA...
?
HM?
SCHÖN... TUN SIE, WAS SIE WOLLEN, ABER ICH MUSS MICH UM MEINE KATZE KÜMMERN... ICH HABE ENDLICH EINEN MITFÜHLENDEN APOTHEKER GEFUNDEN, DER MIR DIESES MITTEL GEGEBEN HAT.
ICH HABE ALLES VERSUCHT GEGEN DIESE KATZENLEPRA, TRADITIONELLE UND FERNÖSTLICHE MEDIZIN... ABER NUN WILL ICH SIE NICHT MEHR LEIDEN SEHEN.
44

SOBALD WIR EINE WOHNUNG HABEN, HÄNG ICH DEN ASSISTENTEN-JOB AN DEN NAGEL.
WARUM? DU MACHST DAS DOCH GUT.
DU HAST MIR EBEN SOGAR AUS DER PATSCHE GEHOLFEN.
ICH HABE KEINE LUST, MICH MIT DIR WEGEN LAPIDAREN ANGELEGENHEITEN ZU STREITEN.
UND EBEN HÄTTE ICH AUCH GENAUSO IM UNRECHT SEIN UND MIR DAS MIT DEN MOLOTOWCOCKTAILS NUR EINGEBILDET HABEN KÖNNEN.
AUSSERDEM HABE ICH HÄUFIG EINE SPANNUNG ZWISCHEN UNS GESPÜRT, DIE GANZ UNNÖTIG IST... DIESE ZUSAMMENARBEIT ENTFERNT UNS VONEINANDER, ANSTATT UNS EINANDER NÄHER ZU BRINGEN.
MMM... WENN DU JETZT AUFHÖRST, IST ES SO, ALS WÜRDEST DU TITI RECHT GEBEN.
MICH KÜMMERT NICHT, WAS ER DENKT... ICH HANDLE IN BEZUG AUF DAS, WAS ICH DENKE.
GUT, OKAY... WIE DU WILLST.
SAG MAL... WIR SIND IN DER NÄHE VON DREIBRÜCKEN, SOLLEN WIR DAS NICHT NUTZEN, UM UNS DAS HAUS MEINER TANTE ANZUSCHAUEN?
WEISST DU, ICH HAB KEINE BESONDERE LUST AUF DAS HAUS.
SCHAU'S DIR ERST MAL AN... DASS WIR IN DER NÄHE SIND, IST DOCH EIN ZEICHEN DAFÜR, MAL EIN AUGE DRAUFZUWERFEN, ODER...? MAN SOLLTE SCHICKSALSZEICHEN ERNST NEHMEN.
MM...
WOAH... WELCHE BEGEISTERUNG... LOS, WIR MACHEN EINEN ABSTECHER!
NEIN, NEIN... DAS IST KEINE FRAGE DER BEGEISTERUNG... EIGENTLICH BIN ICH NOCH BEI DIESER MOLOTOWCOCKTAIL-GESCHICHTE...
EBEN, ALS DIESER IRRE SEINE FLASCHE IN DER HAND SCHWENKTE, DA HATTE ICH SO WAS WIE EINEN FLASH, IN DEM ICH MICH MIT DIR IN EINER EXPLOSION SAH...
ES WAR, ALS WENN WIR ETWAS VERPASST HÄTTEN, ALS WENN ALLES UMSONST GEWESEN WÄRE... ICH WEISS NICHT, WIE ICH'S ERKLÄREN SOLL.
HUCH... WAS IST DENN HIER PASSIERT?

Panel 2:
- VERZEIHEN SIE, WAS IST DENN HIER GESCHEHEN? EINE STAUBWOLKE?
- ABER NEIN!! DAS WAR DIESE VERDAMMTE RAKETE, DIE VON IHRER BAHN ABGEKOMMEN UND ÜBER UNS EXPLODIERT IST...!

Panel 3:
- UND DANN IST DIE HALB VERKOHLTE FARBE AUF UNS HERABGEREGNET.

Panel 5:
- APROPOS ZEICHEN, WAS HÄLTST DU DAVON, NADIA?
- WAS DENN?

Panel 6:
- VON DIESEM GRAUEN VORORT UND DER ROSAROTEN ZUKUNFT, AUF DIE WIR GEMEINSAM ZUSTEUERN...
- OH... HÖR SCHON AUF...

Panel 7:
- ERZÄHL MIR NICHT, DASS DU AN ZEICHEN GLAUBST...